L'amore trionfa

Una dolce sorpresa

Pepe Luisa

E mattina presto, apro la finestra, sento cinguettare gli uccellini di gioia, il cielo è blu, e il sole splende con tutto il suo calore. Mio marito sta salendo in macchina, e prima che parte per andare a lavorare lo saluto con un cenno di mano. Noi ci siamo conosciuti un anno fa, nel suo studio di architettura, io lavoravo accanto a lui come segretaria. Pero Alex dopo un anno di fidanzamento mi ha chiesto se volevo sposarlo. Io ho detto di sì. Cosi ci siamo sposati sei mesi dopo. Pure per il fatto, che o trentotto anni e mi sembrava giunta l'ora, e in più sono sicura del amore che mi dà Alex.

Adesso sono incinta di sei mesi, e sono obbligata a rimanere a casa per salvaguardare me, e il mio bambino. E si avete sentito bene è un maschietto! E Alex e tutto scombussolato non sta nella pelle. Io, da un po' di tempo cammino e mi sento come una papera, ma Alex mi trova carina con le mie curve arrotondate. Intanto che mi bevo il mio tè, decido ti telefonare a

Samantha la mia amica, e gli chiedo se a tempo di venire a prendere un caffè con me. Come mi ha detto; oggi deve lavorare. Lei e una nota avvocatessa e lavora parttime in un grande studio legale, invece il suo ragazzo Stefan fino a un mese fa faceva il poliziotto, pero si era stancato di correre dietro ha tutti i criminali, e cosi adesso e diventato socio di Marc, e lavora con lui nel Club Bar. Marc precedentemente era un poliziotto, Stefan era il suo collega.

Marc e Lizzy appartengono al nostro circolo di amicizie, gli abbiamo conosciuti tramite Stefan e Samantha   Non so veramente cosa fare con il mio tempo libero, pero mi e venuta una idea. Vado in citta, e mi compro un libro, e dopo vado al Starbucks a prendere due caffè per noi, e vado da Sam. Lei ama quel tipo di Caffe, e sicuramente avrà dieci minuti di tempo per me.

Cosi o salvato la mia giornata, in modo di non morire di noia.

Arrivata al Starbucks mi avvicino alla vetrina per vedere, se devo fare una lunga fila dentro. A un tratto vedo la mia amica Sam seduta a un tavolo, e di fronte a lei, un uomo. Pero non è il suo ragazzo Stefan. Cosi guardo un'altra volta meglio, no! Questo non può essere vero. Cosa fa mio marito qui con Sam, e lei non sta lavorando come mi ha detto, è mio marito che mi ha raccontato che oggi aveva una lunga riunione per un nuovo progetto. Buh!

questa cosa devo ancora digerire, tutte e
due mi hanno detto una bugia. Forse può
essere una coincidenza? E se entro dentro e
aspetto una loro spiegazione No, no io me
ne vado a prender un caffè in un altro Bar, e
dopo mi sbrigo andare a casa. Questa sera a
mio marito gli chiederò.

Con il nuovo libro in mano mi sono sdraiata
sulla poltrona e leggo. Camminare in citta
mi ha un pochino stancata.

Prima delle sei mi alzo e vado in cucina, a
preparare la cena, nel frattempo entra in
casa anche mio marito. Aspetto un attimo,
forse me lo racconterà lui che è stato al Bar
con la mia amica, invece ci chiede se
stiamo bene, e mi dà un bacio, e si dilegua
in bagno.
Io apparecchiò la tavola, e lui esce dal
bagno. Solo stuzzicarlo forse posso scoprire
qualcosa. Stiamo mangiando, e penso che
adesso sia il momento migliore per
domandargli senza dare troppo peso. Cosi

formulo la mia domanda;" Alex che oggi ti sei incontrato con qualcuno?" La sua risposta non si fa attendere e mi risponde con un sospiro, che e stato tutto il tempo nel ufficio, che le uniche persone che ha visto erano i suoi partner. I miei nervi sono in questo momento tesi, alquanto avrei una voglia matta di sbattergli in testa la scodella di insalata con tutta la salsa, o vado in cucina e prendo la padella, quella fa più male, e picchiarcela in testa. Non so veramente cosa mi stia succedendo, pero penso che i miei ormoni stanno impazzendo, o può essere solo la mia immaginazione, o forse non mi ama più.

Sono sdraiata nel letto vicino a mio marito, e da due ore che non riesco a dormire. Per prima cosa non riesco a stare sdraiata di schiena, perché non mi sono ancora abituata, Secondo non mi posso immaginare una vita senza Alex, ma non riesco a pensare che la mia amica e mio marito sono amanti. Non vorrei nemmeno

pensare come starebbe quel poveretto di
Stefan morirebbe di dolore. Io non riesco
più a stare nel letto a riflettere, cosi mi alzo
e vado a farmi un tè, forse riesco a
calmarmi.

Ho dovuto durante la cena tenermi perché
odio dire bugie, come odio che mi
raccontano a me delle bugie, pero mi sono
accorto che lei non mi ha creduto. Sam e
pure una poveretta, lei ha dovuto raccontare

a Anne anche una bugia. Sam e dolce e
Stefan la fa fiorire, l'anno prossimo si
sposeranno anche loro. Naturalmente anche
Stefan sa che mi sono incontrato con la sua
fidanzata. Solo Anne non sospetta di niente
che sto organizzando una sorpresa. Sam mi
aiuta perché si dice che le donne hanno una
certa sensibilità.

Sento come il mio tesoro non trova
tranquillità, e si alza dal letto. La mia
coscienza mi rode, odio dire a Anne una
bugia, d'altronde non dovrei avere una

coscienza sporca, perché non la sto
tradendo. A me non mi verrebbe neanche in
mente di fare una cosa del genere la amo
troppo.

Mi alzo dal letto, e vado a vedere come sta.
Anne e in piedi in cucina e si sta versando
l'acqua calda in una tazza. Lei si gira verso
di me e mi guarda negli occhi. Io potrei
guardarla per ore nei suoi occhi blu, e
quello che mi hanno affascinato di lei,
quando ci siamo conosciuti.

"Anne come stai? Non stai bene?"

"No non riesco a dormire, il nostro bambino ha deciso di fare una festicciola notturna, e di dormire non se ne parla proprio." Alex vuoi una tazza di tè? Come mai stai sveglio?"

"Non ti sentivo più accanto a me nel letto, e mi sono svegliato." Mi viene da ridere, perché mia mamma mi raccontò che quando era incinta di me, che pure io ero così, non stavo mai fermo festeggiavo

molto. In tanto che mi bevo il mio tè, gli
accarezzo la pancia e la bacio.

"Alex vai tranquillamente a letto me la
cavo, domani ti devi alzare presto per
andare a lavorare, io mi bevo una altra tazza
di tè, e dopo vengo pure io a letto."

Alex va letto;

Io mi finisco di bere la mia tazza di tè, e
vado a letto con la speranza di chiudere
almeno un occhio.

Quando mi sveglio Alex e andato già a lavorare. Mi alzo e vado in cucina mi preparo la mia colazione. Quando mi sto bevendo il mio tè, suonano alla porta. Vado ad aprire e mi trovo il fioraio che mi consegna un mazzo di fiori. Davanti a me mi trovo dodici rose rosse. Io mi meraviglio perché non o compleanno e né anniversario, e mi chiedo chi me li manda fino a quando guardo in mezzo le rose e vedo un bigliettino, e leggo cosa è scritto sopra;

"Il meglio che si può realizzare, e di sperare, e dire qualcosa che uno già sapeva."

Amore mio angelo, io ti amo ogni giorno di più. Alex.

Io non ci posso credere, come o potuto pensare di dubitare di Alex. Guardo davanti a me, che mi cade una lacrima sul bigliettino, e lo appoggiò sul tavolino, le mie lacrime finiscono, pero rinasce il dubbio. E se lui mi ha regalato le rose per tranquillizzare la sua coscienza, lui non mi ha mai regalato qualcosa senza una certa occasione. O dio! mi sta venendo mal di testa. Vado in cucina e mi faccio un caffè, e scrivo un messaggio a mio marito per ringraziarlo per le rose, non gli telefono perché stara sicuramente in riunione, e dopo non ho tanta fiducia nella mia voce. Bevo il mio caffe e ci penso, e scrivo pure un messaggio a Sam e invito lei e Stefan per sabato a cena. Lei mi scrive che non sa cosa ha programmato Stefan per sabato, e che mi

dirà più tardi se vengono. Io ci spero perché
voglio vedere Sam negli occhi, e guardare
se ci sta un punto fermo che mi fa capire se
questi due ci tradiscono.

Sono nel ufficio e guardo i piani che o già
progettato, e non riesco a concentrarmi,
quando ad un tratto squilla il mio natel che
mi comunica che e entrato un messaggio.
Veramente Anne avrebbe dovuto già aver
ricevuto le rose. Se potevo avrei voluto

rimanere a casa, e stare come una mosca, a vedere l'espressione di Anne quando il

fioraio gli ha consegnato le rose. Prendo in mano il natel, e vedo chi mi ha mandato un messaggio, e Anne, che mi ringrazia per le rose, e dopo mi comunica che ha invitato Stefan e Sam per sabato a cena. I genitori di Anne vivono in Spagna e parlano solo spagnolo, cosi ci parla Stefan con loro per organizzare il volo, e staranno a casa di Stefan e Sam. Cosi Anne non nota niente, e vengono anche un giorno prima. Ci manca

ancora due settimane, pero il tempo e corto
per organizzare tutto, meno male che o
l'aiuto di Sam e Stefan, se no sarei
rovinato. Spero che vada tutto per il meglio.
Oggi a mezzogiorno ho fatto appuntamento
con Sam e andiamo dal gioielliere così mi
può consigliare. Naturalmente ho anche io
gusto, pero una donna à sempre più affinità
nel scegliere. Ma adesso sono le dieci e fino
a mezzogiorno devono passare ancora due
ore, e proprio oggi non mi va di lavorare,
pero devo finire questi progetti entro due

settimane altrimenti non posso permettermi di prendere le ferie.

Verso le undici ricevo un messaggio di Sam, che sabato vengono a cena, e sono contenti di passare una serata insieme a noi. Vado a farmi la doccia perché fino adesso ero in camicia da notte. Dopo avermi fatto la doccia mi vesto comoda, pure se vado in citta. Così mi compro un nuovo libro, perché l'altro l'ho letto in un baleno. E dopo vado dal fornaio, che fa il pane più buono del mondo, cosi compro pure un dolce per sabato, che ce lo mangiamo con Sam e Stefan. Verso l'una parto e vado con la macchina, perché non mi voglio caricare le borse a piedi, il parcheggio lo trovo di sicuro. Sono contenta di incontrare la mia vicina Elise che e proprietaria del fornaio. Arrivata vicini al fornaio trovo parcheggio, e mi sento fortunata, di fianco al fornaio ce una gioielleria, quando vengo qua potrei stare per mezz'ora attaccata alla vetrina

perché hanno dei belli gioielli e anelli.
Entro dentro dal fornaio, e vedo Elise dietro
il bancone, lei mi vede e esce da dietro, e si
avvicina a me. E mi dice; "Mia cara Anne
come stai? Vedo che la tua pancia cresce.
Sai non vorrei entrare nella tua vita privata,
pero o pensato che te ne parlo. Stai ancora
con tuo marito, perché sai, non so come
dirtelo, ho visto oggi tuo marito con una
bionda entrare nella gioielleria". Non ci
posso credere! Cosa devo sentire, mi sono
trattenuta davanti a Elise, per non urlare.

Dalla descrizione di Elise la donna che stava con mio marito deve essere Sam. Dentro di me mi scuoto la testa, io avrei veramente voglia di tagliarcela la testa, e Sam di strapparli i lunghi capelli biondi. Pero dentro di me mi viene da ridere, non mi posso immaginare Sam senza capelli. Dopo che o comprato il pane e la torta al cioccolato, calmo Elise e gli dico che non sono separata, e che sto ancora insieme a mio marito. Con la mia spesa entro in macchina e parto per andare a casa. Quando

apro la porta di casa, sono ancora arrabbiata
e triste. Io devo parlare con mio marito pero
e più facile dirlo che farlo, perché o paura
che non mi ami più.

Quando Alex entra a casa, io sono à versare
gli spaghetti nel l'acqua bollente. Lui viene
da, me e mi chiede se stiamo bene, e mi dà
un bacio. Io lo guardo, nel viso e non vedo
niente che fa sospettare che à la coscienza
sporca, i miei pensieri prendono la loro via,
e penso o deve essere un bravo attore, o ci

deve essere un motivo valido perché si incontra con la mia amica. Ma allora perché non me lo racconta?

Stiamo seduti a tavolo, pero io non ho proprio appetito, e spilucco gli spaghetti che ho nel piatto. Alex mi guarda, e mi chiede se non ho fame, o se mi sento male. E qua incominciano i miei occhi a riempirsi di liquido, e mi casca una lacrima, che umidisce il mio viso. Mio marito mi guarda di nuovo, e mi chiede cosa mi sta succedendo. Ma visto che non esce una

parola dalla mia bocca, mi richiede cosa ho,
e se non sto bene, io non so cosa
rispondere. Io mi accorgo che si sta a
disperare e mi chiede; "Le rose non ti sono
piaciute?" Io mi faccio coraggio e gli
chiedo se lui ancora mi ama. Alex mi
guarda come sarei una matta, che avrei
detto che gli elefanti sanno volare.

Io guardo mia moglie, e non mi capacitò di
cosa stia succedendo, la vedo tutta
sconvolta, e dopo mi chiede se l'amo

ancora, se mi avrebbe dato una sberla
faceva meno male. Io penso che l'ormoni
gli stanno giocando un brutto scherzo, come
può pensare che io non l'amo più. Oggi non
ha letto il mio bigliettino? "Amore mio mi
puoi spiegare perché stai seduta come una
commiserata?"
"Sai oggi sono andata dal fornaio da Elise,
e pensa un po' cosa mi ha raccontato? Mi
ha detto che ti à visto con una bionda,
entrare andare dal gioielliere. E dalla

descrizione sembrava Sam. E io secondo te cosa devo pensare?"

"Oh Anne, Anne a me mi viene da ridere, mi fa onore che tu sei gelosa, ma tu non hai nessun motivo." Io non ti tradirei mai ti amo troppo."

Nel frattempo faccio camminare il mio cervello, perché devo trovare una spiegazione plausibile, se no scopre tutto.

"Mica penserai sul serio che ti tradirei con Sam? Mi sono solo scordato di dirti che

Sam mi ha chiesto di andare con lei dalla gioielleria, perché voleva comprare un orologio speciale per Stefan. Ho incontrata Sam l'altra settimana al Bar, e mi ha chiesto se la potrei accompagnare, perché così la potevo consigliare, sapendo cosa potrebbe piacere a un uomo." Tu sai che mercoledì Stefan ha il compleanno! Spero solo che per questa bugia non vado al l'inferno, mi viene da ridere perché la storia e proprio al contrario e Sam che mi ha dovuto consigliare.

Anne mi guarda e mi sorride. "Alex che sei arrabbiato? I mei ormoni sono impazziti. Io non potrei sopportare di perderti." Amore ti ho già perdonata, e io neanche potrei vivere senza di te."

Alex mi bacia, e tutto a d'un tratto incomincia il mio stomaco fare un rumorio, ci mettiamo à ridere, perché abbiamo tutte due fame. Così ci riscaldiamo gli spaghetti.

Dopo mangiato Anne si va a fare la doccia, io vorrei andare con lei, ma prima devo mandare un messaggio a Sam, cosi la informo se per caso Anne le domandasse, e dopo seguirò Anne nella doccia.

Fra breve vengono Stefan e Sam, e io metto già lasagna nel forno, intanto apparecchio il tavolo, e già suonano alla porta. La serata sta andando bene, Sam e Stefan non fanno altro che stuzzicarsi. Pero per me ci e stato

un momento durante la serata che mi sono
sentita sbattuta in un angolo, stavo
accendendo la macchina del caffè, quando
sento tutte tre sussurrare. Quando entro in
salotto con la torta al cioccolato, e il caffè si
azzittiscono. Mi è sembrato una cosa strana,
cosa stanno confabulando tutte tre? Cosi
chiedo di cosa stavano parlando. E loro mi
rispondono niente di importante. Mi sono
un po' stupita per una risposta cosi, ma non
mi sono fatta notare, solo mi chiedo cosa è
tutto questo mistero.

E già lunedì e sono nel ufficio. Il tempo
passa e fra cinque giorni ci siamo, devo
solo andare dalla agenzia di viaggi per
prenotare hotel e il volo. Ma visto che
questa settimana non o tempo nemmeno per
respirare, ci va Sam per me, e dopo più
tardi me lo porta in ufficio. Cosi adesso e
tutto sistemato per sabato. Anne pensa che
per il nostro anniversario andiamo al
ristorante italiano, ma noi non ci andiamo,

anzi abbiamo così bene organizzato che non

sa cosa succederà.

Io sono andata dal gioielliere e o fatto

incidere sulla penna argentata il nome Alex,

volevo qualcosa speciale da regalare à mio

marito, perché in cinque giorni festeggiamo

il nostro anniversario, e andiamo al

ristorante italiano. Non vedo l'ora, dopo

sabato mattina vado con Sam à fare

shopping perché mi serve un nuovo vestito.

I nostri uomini vanno à giocare a pallone.
Mi sento male à pensare che il giorno del
mio anniversario non lo posso festeggiare
con i miei genitori, perché vivono in spagna
e ha me mi mancano molto.

Il mercoledì passa, io e Alex siamo andati
da Stefan e Sam e abbiamo festeggiato il
compleanno di Stefan. Anche Marc e Lizzy
c'erano, noi non gli vediamo spesso, perché
Marc lavora tanto, e Lizzy passa il maggior

tempo con lui nel Bar à fargli compagnia.
La settimana e passata veloce, oggi e sabato
è sono d'aspettare Sam, cosi andiamo in
citta à fare shopping.

Io sto andato a casa da Stefan, e quando mi
trovo davanti la porta di casa loro, esce Sam
che va da Anne, e pure per questa volta ho
dovuto dire una bugia, per poter uscire
senza dare tante spiegazioni. I miei suoceri
sono da ieri in svizzera, e stanno da Sam e

Stefan, e prima della festa li voglio salutare.
E dopo devo andare al ristorante del
castello dove ho affittato una sala, per
vedere se va tutto bene come previsto.

Sono le cinque e siamo pronti per andare,
solo che devo convincere Anne che si fa
bendare gli occhi, e questo può diventare un
duro lavoro.
"Anne amore prima che partiamo ti devo
bendare l'occhi con il foulard non te ne

pentirai" Mi guarda come non avrei tutte le rotelle a posto.

"Allora Alex per cosa mi devi bendare l'occhi, se andiamo solo al ristorante italiano? Tu sei proprio matto." Per non farmi scoprire la dovevo farla stare zitta "Anne se non tieni adesso la bocca chiusa, ti darò una bella sculacciata." Non ci posso credere a quello che mi ha detto Alex, non mi ha mai parlato cosi, il mio viso incomincia a infiammarsi, e sicuramente adesso avrà lo stesso colore

di un pomodoro. Ho dovuto farmi aria con
la mia borsetta.

Almeno ho raggiunto che stia zitta, la
domanda e per quanto tempo riesce a starci,
pero o dovuto dirle che ho una sorpresa per
lei, e così, si e fatta bendare l'occhi.

E siamo partiti. Tutti invitati li troveremo
già la e naturalmente anche Sam e Stefan.

Quando arriviamo; parcheggio la macchina, esco e vado dal l'altro lato, e aiuto Anne a scendere. Tutto il viaggio non ha chiesto dove andiamo, ma tutto il tempo o guardato il viso di Anne che luccicava rosso. Io mi chiedo cosa sta pensando. La aiuto a salire i dieci scalini, e ci fermiamo davanti la entrata, ma sento che Anne incomincia à innervosirsi, cosi la tranquillizzo e le dico che siamo quasi arrivati, e che fra poco gli toglierò il foulard.

Io non ci posso credere à quello che sta succedendo, e mi chiedo che sorpresa deve essere che non posso vedere, dopo tutto andiamo dal italiano a mangiare. Solo che mi sembra strano perché il Ristorante non a scalini. E dopo e meglio non pensare a quello che mi ha detto prima di partire, il mio viso e ancora infuocato.

Prima che entriamo in sala, mando un messaggio a Stefan, che stiamo per entrare cosi tutti gli invitati fanno silenzio, cosi la

sorpresa ha il suo pieno effetto. Li tolgo il
foulard, e Anne appena vede la luce
strizza gli occhi, e si guarda in giro,
l'atmosfera e elettrizzante, e gli invitati
rimangono silenziosi. Anne si guarda di
nuovo in giro, e vede i suoi genitori.
"Alex i miei genitori sono qua, come hai
fatto?"
Tutti sono qui Sam e Stefan, Marc, con
Lizzy colleghi di lavoro e pure i nostri
genitori. "E si tesoro, mi hanno aiutato Sam
e Stefan."

"Che canaglia che sei! Ti amo, e io che credevo che non mi amavi più. Come o potuto essere cosi stupida mi potrei darmi da sola le sculacciate." Guardo davanti a me e vedo sopra lo schermo scritto:

"L'amore e una festa, e non deve essere solo preparata, ma anche festeggiata."
Sotto questo verso ci sono tutte le firme dei miei amici come parenti, e in più la nostra foto dell'anno scorso che stavamo al mare,

vicino a uno scoglio che ci abbracciavamo.
Alex mi guarda, e mi dice vai da i tuoi
genitori lo so che non vedi l'ora di
abbracciarli.

Quindici minuti dopo ritorno a fianco di
Alex, mi abbraccia e mi dice dobbiamo
brindare, e io ti devo dare qualcosa che
appartiene a te. Prende la scatolina e la
apre, e io non ci posso credere e l'anello
che mi piace tanto, che quando passavo
davanti la gioielleria mi appiccicavo à la
vetrina. Mi mette l'anello al dito e mi dice;

Tesoro lunedì facciamo la nostra seconda luna di miele, e andiamo à Parigi. Io non riesco a credere a la mia fortuna, ma tante volte i desideri sì avverano. IL buffet è squisito. Io naturalmente la penna a Alex ce lo regalata molto più tardi, dopo il festeggiamento, per essere sincera il giorno dopo. Ero troppo sopraffatta da tutti questi avvenimenti in una serata.

Ringraziamento

A mia mamma per la pazienza che ha avuto con me,
e per avermi consigliato dove sbagliavo. E il grande
sostegno di mia sorella Nadia
Tutti amiche e amici che mi sostengono, di
proseguire e mi vogliono bene come sono.

Se vuoi sapere più di me seguimi su
Facebook .com

Herstellung und Verlag:
BoD - Books on Demand, Norderstedt
ISBN 978-3-7448-9823-2